Wolfgang Baur

Worte mit Flügeln

Biblische Sprichwörter und Redewendungen

Agentur des Rauhen Hauses

Inhalt

Ein Buch mit sieben Siegeln oder Stein des Anstoßes?

Unsere Sprache lebt von Bildern, die sie „beflügeln". Das zeigt sich nicht nur an Alltagssprüchen wie Bauernregeln oder Werbeslogans. Viele dieser Bilder stammen aus der Bibel. In Sachen Redewendungen ist sie wirklich das „A und O" (Offenbarung 1,8). Bekannt gemacht hat sie Martin Luther. Denn in seinen Bibelübersetzungen suchte er nach Begriffen, die so bildmächtig sind, dass man sie nicht so schnell vergisst. Man denke nur an den „Wolf im Schafspelz" (Matthäus 7,15), den „Schandfleck" (2. Petrus 2,13) oder an Menschen, denen „das Wasser bis zum Hals steht" (Psalm 69,2).

Lassen Sie uns „bei Adam und Eva anfangen“: 1. Mose, das erste Buch der Bibel (Genesis, das heißt Entstehung) beschreibt den Menschen als „Adam“ („Erdling“), weil er „Staub vom Erdboden“ (hebräisch „Adama“) ist. Seine Frau heißt auf Hebräisch „Eva“ („Leben“). Spannend, dass dieses Paar zuerst nicht als „Mann“ und „Frau“ beschrieben wird, sondern in seiner ursprünglichen Zusammengehörigkeit – flüchtig und gleichzeitig voller Chancen. Wenn so – bei „Adam und Eva beginnend“ – die gesamte Geschichte all der Männer und Frauen betrachtet wird, bis heute in der Gender-Debatte, ergeben sich andere Perspektiven – uralt und ganz aktuell!

Eine weitere Eigenart der Menschen kommt gleich zur Sprache: Sie fühlen sich schuldig, sind nicht offen und frei von Scham. Ein „Feigenblatt" wird benötigt – Gott gibt es ihnen sozusagen als erstes Kleidungsstück (1. Mose 3). Dieses Feigenblatt bedeckt vordergründig Blöße. Aber es zeigt auch, dass die Beziehungen zwischen den Menschen und zu Gott einen Bruch haben. Die Probleme sind damit nicht behoben. Sie sind systembedingt: Gott hat die Welt aus einem „Tohuwabohu" geschaffen – das sind die hebräischen Worte für „wüst und wirr" (1. Mose 1,1) und das zeigt sich des Öfteren auch später. Ganze Völker, auch Israel selbst, treiben wüste Politik und verwirren viele. Aber sie stolpern über die eigenen Pläne. Sie werden ihnen zum „Stein des Anstoßes" und zum „Fallstrick" (Jesaja 8,14).

Wie geht das Ganze aus? Das letzte Buch der Bibel – die Offenbarung des Johannes, auch „Apokalypse" genannt – beschreibt die Geschichte als rätselhaften Prozess, der nach und nach von Gott zu einem Neuanfang geführt wird. „Sieben Siegel" werden geöffnet. Sie zeigen Katastrophen, die von Menschen selbst herbeigeführt werden (Hunger, Krieg, Krankheit, Blockbildung usw.). Am Ende der Bibel steht der Ausblick auf eine neue Schöpfung. Bis dahin können wir „mit Engelszungen reden", wie wir wollen – es nützt alles nichts. Das macht Paulus den Leuten in Korinth klar: Selbst wenn ich das könnte, hätte aber die Liebe nicht, wäre ich nur „dröhnendes Erz und scheppernde Pauke" (1. Korinther 13,1). Im Sinn der bekannten Karikaturen könnte man biblisch sagen: „Liebe ist … das Größte" (1. Korinther 13, 13).

In Sack
und
Asch

Wo es gebrannt hat, bleibt Asche übrig, nicht nur im heimatlichen Kamin, sondern auch im Krieg oder im Krematorium. So gesehen erinnert Asche an Trauer. Am Aschermittwoch ist der Spaß vorbei! Christen feiern Bußgottesdienste, politische Parteien versammeln sich, um Fehler der anderen aufzuspießen und ihnen zu raten, in „Sack und Asche“ zu gehen. Sie können sich dabei auf eine altorientalische Tradition berufen: Wer trauert, trägt abgerissene Kleidung und streut Asche auf sein Haupt. So kündigt der Prophet Hesekiel eine Staatstrauer über die hochmütige Stadt Tyrus an, mit der es nun aus ist (Hesekiel 27,30). Eine Frau namens Tamar wird von ihrem Bruder vergewaltigt (2. Samuel 13,19). Darum trägt sie „Sack und Asche“.

Aber auch eigene Fehler werden so betrauert. Der Prophet Daniel unterstreicht sein Fasten in schwerer Zeit durch das Tragen von „Sack und Asche“ und hofft so, Vergebung zu erlangen (Daniel 9,3). Und als der König von Ninive begreift, was er falsch gemacht hat, verlässt er den Thron und kleidet sich in „Sack und Asche“ (Jona 3,6). Wenn Sie also mal einen „Bock geschossen“ haben (eine Redewendung aus dem Schützenbrauchtum für Fehlschüsse, diesmal allerdings aus dem 16. Jahrhundert), dann dürfen Sie ruhig „Asche auf Ihr Haupt“ tun, zumindest mit Worten.

VON PONTIUS
ZU PILATUS

Stellen Sie sich vor, Sie möchten ein Haus bauen. Welche Vielzahl an Anträgen, Gesuchen, Behördengängen hängt da dran. Um die Genehmigung der einen Stelle zu bekommen, brauchen Sie erst mal die einer anderen und dafür vielleicht wieder die einer dritten, die Bestätigung einer vierten und munter so weiter, bis es dann heißt: Ja, so einfach ist das nicht; da brauchen Sie noch diese und jene Bescheinigung. Irgendwann hat man das Gefühl, man werde von „Pontius zu Pilatus" geschickt.

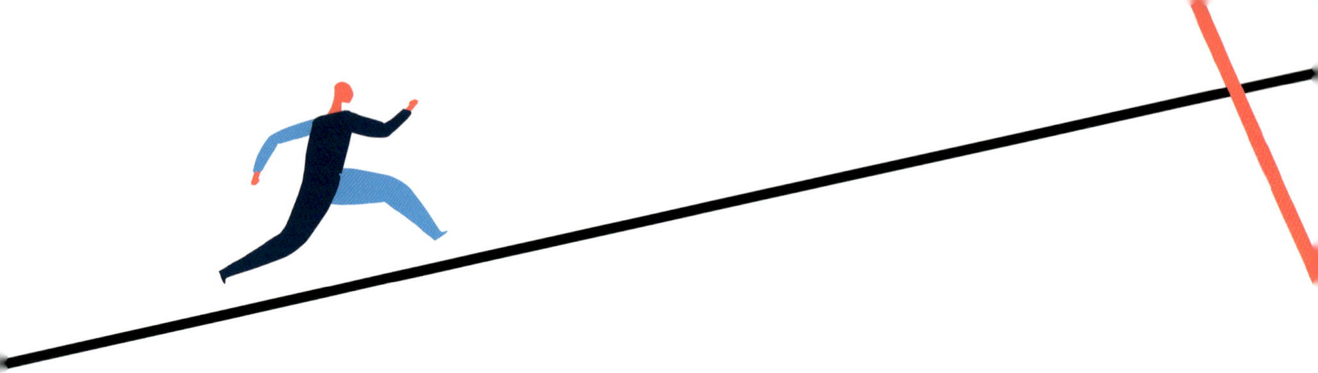

Wenn wir von Pontius zu Pilatus laufen, vergeuden wir Zeit und treten auf der Stelle. Die Wege, die wir gehen, sind genauso sinnlos wie das, was die Redewendung ausdrückt. Pontius und Pilatus sind nämlich ein und dieselbe Person. Das ergibt einen dankbaren Stoff für Komiker! Bei Jesus ging es allerdings um Leben und Tod.

Von 26 – 36 n. Chr. war Pontius Pilatus römischer Präfekt der Provinz Judäa. Mit seinem Namen ist das Martyrium Jesu verbunden – am bekanntesten wohl in der Wendung „gelitten unter Pontius Pilatus“ aus dem Apostolischen Glaubensbekenntnis. Nach dem Bericht des Evangelisten Lukas führten die Mitglieder des Jüdischen Hohen Rats Jesus vor Pilatus, um ihn zu verklagen. Pilatus aber wusste mit dem Gefangenen nichts anzufangen. Als er hörte, dass Jesus aus Galiläa stammte, also König Herodes untertan war, sandte er ihn zu Herodes, der in diesen Tagen auch in Jerusalem war. Und Herodes? Der wollte ja immer schon mit Jesus sprechen und „fragte ihn mancherlei“. Doch Jesus „antwortete ihm nichts“, wie Lukas berichtet. Also ließ man den Gefangenen zurückexpedieren. Pilatus ließ Jesus kreuzigen und wusch anschließend (so berichtet es Matthäus 27,24) seine Hände in Unschuld – noch so eine Redewendung aus der Bibel, die wenigstens in unsere gehobene Alltagssprache eingegangen ist.

Übrigens: Nach einer mittelalterlichen Legende sollte Pilatus, der so viel Schuld auf sich geladen hatte, nicht mehr zur Ruhe kommen. Überall, wo man ihn nach seinem Tod bestatten wollte, reagierte die Natur mit Unwetter. Also schaffte man Pilatus' sterbliche Hülle in die Alpen auf einen Berggipfel, wo er am wenigsten stören konnte. Das Bergmassiv liegt bei Luzern und trägt den Namen Pilatus. Dort oben macht, so will es die Legende, der ehemalige Statthalter seinem Sprichwort alle Ehre. Ruhelos geistert er dort herum, karfreitags sogar in vollem Ornat – sinn- und ziellos, eben von Pontius zu Pilatus.

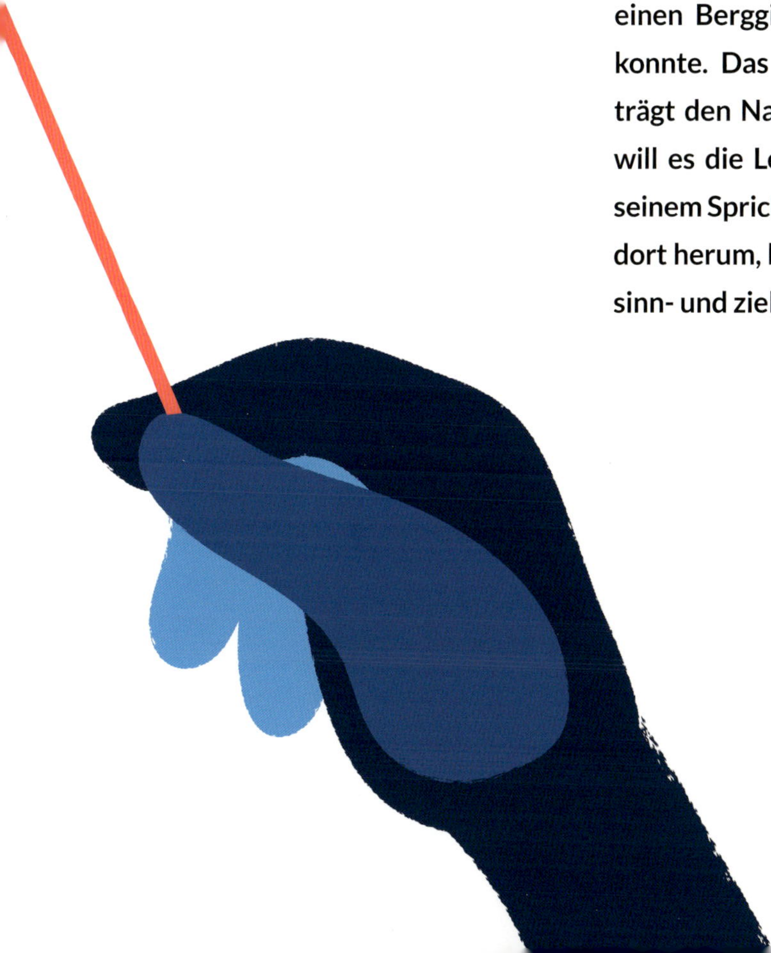

Jemanden in die Wüste schicken

Wenn das so ohne Weiteres möglich wäre, dann wäre die Wüste voll. Bestimmt haben auch Sie ein paar Kandidaten dafür – einfach die Personen oder Dinge loswerden, die so richtig nerven, stören oder belasten. Ein ehrenwerter Mann der Bibel hat es nach dem 1. Buch Mose wirklich getan: Abraham schickte seine Leihmutter Hagar zusammen mit dem von ihm gezeugten Sohn Ismael in die Wüste. Er hielt die Spannung in seiner Patchworkfamilie nicht mehr aus. Zum Glück wurden die Vertriebenen gerettet (1. Mose 21).

Abgesehen von dieser problematischen Wüstenaktion schildert die Bibel an anderer Stelle einen Brauch, bei dem das ganze Volk Israel einmal im Jahr seine gesammelten Sünden „in die Wüste schickt“ (3. Mose 16). Einem Ziegenbock werden die Missetaten des Volkes per Handauflegung symbolisch übertragen. Dann wird dieser „Sündenbock“ in die Wüste getrieben, wo ihn ein Dämon übernehmen soll. Heutzutage brauchen keine Böcke mehr dran zu glauben. Das Sündenbekenntnis wird aber immer noch öffentlich abgelegt: an Jom Kippur, dem „Großen Versöhnungstag“, einem der wichtigsten Feiertage des Judentums. Ausgerechnet an Jom Kippur 1973 unternahmen arabische Nachbarstaaten den Versuch, Israel militärisch „in die Wüste zu schicken“. Der Plan misslang, und dieser vierte arabisch-israelische Krieg wurde auf Druck der USA nach drei Wochen beendet.

SCHNÖDER MAMMON
€
VON WERTEN UN

Mal ehrlich – wenn wir ihn haben, finden wir den Mammon gar nicht so schlecht, oder? Alles scheint doch daran zu hängen in einer Wirtschaft, deren Prinzip das Wachstum ist. Aber mitunter zwingt uns der Mammon Lebensrhythmen auf, die nicht guttun. Menschen als Sklaven des Geldes – das ist gar nicht selten, teils durch Umstände, die nicht selbst verschuldet sind, teils durch Ambitionen, die zu kostspielig sind.

Genau um solche Menschen geht es in einer der frechsten Geschichten der Bibel: Das Lukas-Evangelium erzählt in Kapitel 16 von einem Schuldverwalter, dem wegen Veruntreuung gekündigt wurde. Er hatte ohne Erlaubnis seines Herrn Schuldscheine drastisch reduziert und sich so viele Freunde verschafft. Interessanterweise fällt die Reaktion seines Herrn völlig überraschend aus: Er lobt seine Klugheit. Die wahren Werte des Lebens lassen sich offenbar nicht finanziell messen. Die Lösung liegt hier nicht im Wachstum, sondern im Geschenk. Eine ganz alternative Währungspolitik.

Werte kommen auch an anderer Stelle zur Sprache: Im Evangelium nach Matthäus sagt Jesus, man solle keine „Perlen vor die Säue werfen“ (Matthäus 7,6). Das sagten ursprünglich Juden, die über weise Gedanken ihrer Lehrer nicht mit Nichtjuden redeten. Oder Christen, die das Abendmahl nicht mit Nichtchristen teilten, griffen auf diese Wendung zurück, weil die anderen ohnehin nicht verstanden, worum es dabei ging. Wie auch immer: Das Wort führt uns zur Frage, was mir so wertvoll ist, dass ich es vor Missbrauch bewahren möchte. Und da muss man „die Spreu vom Weizen trennen“ (Matthäus 3,12 oder schon Psalm 1,4). Was ein wenig nach Stiftung Warentest klingt, war ursprünglich die Unterscheidung von Menschen: die einen leben glaub-würdig, handeln also, wie religiöse Weisung und Ethik es lehren, die anderen nicht. Die werden „hinweggefegt“, behaupten die Texte.

Und warum halten sich manche an Lebensregeln, die mitunter schwer sind? Weil sie „die Zeichen der Zeit erkennen – ein hochaktuelles Wort: „Lernt etwas aus dem Vergleich mit dem Feigenbaum!“, sagt Jesus zu seinen Jüngern. „Sobald seine Zweige saftig werden und Blätter treiben, erkennt ihr, dass der Sommer nahe ist. So erkennt auch ihr, wenn ihr das alles seht, dass das Ende der Welt nahe ist“ (Matthäus 24,32-33). Man sollte diese apokalyptische Sicht vielleicht nicht überstrapazieren. Aber eines stimmt: Es lohnt sich, die Augen aufzumachen und zu erkennen, welche „Stunde geschlagen hat“ – auch dies ist eine Wendung, die ihren Ursprung in der Bibel hat (Johannes 17,1)!

WENN ETWAS ZUM HIMMEL STINKT

Die Nase spielt im Alten Orient eine große Rolle. Das merkt man schon, wenn man einen orientalischen Basar besucht. Was für Menschen gilt, sollte doch auch für Gott gelten, dachten sich die Autoren biblischer Texte. Auch Gott hat nach der Überlieferung der Bibel eine Nase, die ihn – je nachdem, wie es riecht – zufrieden oder zornig stimmt.

Letzteres scheint überwogen zu haben. Darum bedeutet das hebräische Wort für „Nase“ gleichzeitig „Zorn“. Ungezügelt schimpft da der Prophet Amos: Wenn ihr das Recht beugt und die Armen ausbeutet, mag ich eure Opfer nicht riechen und euer Liedergeplärr nicht hören! (Amos 5,21-24)
Unrecht stinkt und schreit zum Himmel, da helfen weder Weihrauch noch Opfer. Das bekommt Kain gesagt, der seinen Bruder umgebracht hat: „Das Blut deines Bruders schreit zum Himmel“ (1. Mose 4). Nur wenn die Beziehungen zwischen den Menschen stimmen, wenn sie sich „riechen können“, kann auch ein Gebet „wie Weihrauch zum Himmel steigen“ (Psalm 141).

Linsengericht
und schwarzes Schaf,
wahrer und billiger Jakob

„Städtische Immobilien gegen ein Linsengericht verscherbelt", titelt eine Zeitung. Weit unter Wert seien die Gebäude verkauft worden, soll das heißen. Das Linsengericht wird in der Jakobsgeschichte des Alten Testaments aufgetischt (1. Mose 25,29-34). Die Szene ist Auftakt einer ganzen Reihe von Betrügereien, mit denen sich der jüngere von zwei Brüdern durchs Leben schlawinert. Als eines Tages sein Bruder Esau erschöpft von der Arbeit nach Hause kommt und behauptet: „Ich sterbe vor Hunger“, verlangt Jakob, der am Herd steht, dass er ihm das Erstgeburtsrecht verkauft – für ein „Linsengericht“. Esau geht darauf ein und verachtet damit sein Erstgeburtsrecht, kommentiert die Erzählung. Er ist also nicht ganz unschuldig an der Geschichte.

Eine weitere Szene aus der Jakobsgeschichte ist wohl Ursprung der Rede vom „schwarzen Schaf". Ein „schwarzes Schaf" in der Familie bezeichnet eine Person, die aus der Art geschlagen ist; ganz allgemein ist ein schwarzes Schaf, wer in einer Gruppe unangenehm auffällt. Zurück zur Jakobsgeschichte: Mit einem Trick, der nicht so genau nachvollziehbar ist, sicherte sich unser Titelheld aus der Schafherde seines Onkels alle Tiere, die kein rein weißes Fell hatten (1. Mose 30,40-43). Gesprenkelte und schwarze Schafe waren allgemein weniger wert als die weißen – versuchen Sie mal, dunkle Wolle einzufärben! Nun stellt die Bibel wie so oft die Verhältnisse auf den Kopf: Jakobs Rechnung ging auf – die dunklen Schafe waren kräftiger als die weißen, und so wurde er sehr reich.

„Das ist nicht der wahre Jakob", sagen wir, wenn wir einer Sache misstrauen. Für diese Wendung steht auch ein biblischer Jakob Pate, allerdings nicht der, von dem gerade die Rede war, sondern der neutestamentliche Jünger Jesu gleichen Namens. Seine Hinrichtung durch König Herodes ist in der Apostelgeschichte erwähnt. Die Redensart vom „wahren Jakob" hängt mit der mittelalterlichen Reliquienverehrung und -vermehrung zusammen. Jakob gilt als der Apostel, der nach Christi Himmelfahrt auf der Iberischen Halbinsel gepredigt haben soll. Zahlreiche Wunder sind bezeugt, allerdings gibt es leider keine außerbiblischen Anhaltspunkte, dass er überhaupt je existiert hat. So etwas ist immer ein Einfallstor für die Legendenbildung. Gleich mehrere spanische Städte gerieten im frühen Mittelalter in einen erbitterten Streit darüber, wo denn die echten Gebeine des Märtyrers begraben seien. Santiago de Compostela im Nordwesten Spaniens machte am Ende bekanntlich das Rennen und wurde seit dem Jahr 830 Ziel von Jakobspilgern aus aller Herren Länder. Und weil es um den Gedenktag des Jakobus am 25. Juli stets viele Märkte gab, auf denen Händler ihre Waren feilboten, entstand die Redewendung vom „billigen Jakob".

Wer andern eine Grube gräbt und weitere Sprichwörter

Es gibt so ein paar Lebensregeln, die sich seit Jahrtausenden immer wieder bewahrheiten. Eines kommt in der Bibel gleich dreimal vor: Wer einem anderen eine Grube gräbt, fällt selbst hinein (Sprüche 26,27; Psalm 7,16 und 9,16). Zweimal wird ein einzelner Übeltäter mit Spott bedacht, einmal geht es um Völker, die andere abgraben – man möchte meinen, da hätten die biblischen Autoren schon etwas vom Wirtschaftskrieg des 21. Jahrhunderts gewusst!

Übrigens werden Sie staunen, welch weise oder humorige Worte im Buch der Sprichwörter stehen. Ein paar Kostproben gefällig? „Die Tür dreht sich in ihrer Angel und der Faule in seinem Bett“ (Sprüche 26,14) oder „Schlecht, schlecht, sagt der Käufer; geht er aber weg, so rühmt er sich“ (Sprüche 20,14). Wie wichtig der richtige Zeitpunkt für eine Arbeit ist, zeigt diese Wendung: „Der Faule pflügt nicht im Herbst; sucht er in der Erntezeit, so ist nichts da“ (Sprüche 20,4). Schließlich ein Ratschlag, der wohl generell Zustimmung findet: „Besser ein trockenes Stück Brot und Ruhe dabei als ein Haus voll Braten und dabei Streit“ (Sprüche 17,1).

AUF DIESE STEINE

KÖNNEN SIE BAUEN!

Die Bibel ist irgendwie eine einzige Baustelle. Überall wird gebaut – von der Schöpfung im ersten Kapitel bis zum Bau des neuen Jerusalem im letzten Buch der Bibel. Dabei wirken verschiedene Baumeister zusammen: Gott selbst baut die Welt und lädt Menschen ein, sie weiter zu „bebauen und zu bewahren". Aber gleich zu Beginn geht das gründlich schief: Die Menschen wollen ein Superprojekt schaffen, einen Turm bis zum Himmel. Das Ende ist Ihnen bekannt: Die Baumeister verstehen sich nicht mehr und zerstreuen sich in aller Herren Länder – die „babylonische Verwirrung". Überall werden nun Städte mit Befestigungsmauern errichtet – und von anderen wieder zerstört. Allein Jerusalem sieben Mal! Was bleibt, ist die Erkenntnis: „Wenn der Herr nicht das Haus baut, so arbeiten umsonst, die daran bauen. Wenn der Herr nicht die Stadt behütet, so wacht der Wächter umsonst" (Psalm 127,1).

Solche Wackelbauten kommen in verschiedenen Redewendungen vor. Sie stehen auf „tönernen Füßen" (Daniel 2,33) wie der Koloss, von dem der Babylonierkönig Nebukadnezar träumte. Vier gewaltige Reiche werden damit gezeichnet, aus Gold, Silber, Eisen und – fatalerweise die Beine – aus Ton, weswegen der ganze Koloss beim ersten Angriff zusammenbricht. Jesus spricht vom Haus, das „auf Sand gebaut" ist und einstürzt. Er meint die Menschen, die seine Worte hörten, aber nicht danach handeln. Den gewaltigsten Einsturz gibt es genau an dem Ort, an dem Gottes Worte ständig gehört wurden, der aber gleichzeitig zum Marktplatz religiöser Macht geworden war. Es ist der Tempel in Jerusalem, auf dem tatsächlich „kein Stein auf dem anderen" blieb (Markus 13,1-2).

Und wie ging es weiter mit den Baustellen der Christen? Blickt man auf Städte wie Rom, sieht man Kirchen wie „Sand am Meer". Und in der Mitte den Petersdom. Er erinnert an das Bildwort Jesu, „auf diesen Felsen will ich meine Kirche bauen". Das Bild enthält aber zugleich eine Provokation: Der sogenannte „Fels" ist ausgerechnet Petrus, ein Mann, der bei der Verhaftung Jesus dreimal verleugnete, ehe der Hahn krähte. Vielleicht ein Lehrstück für die Kirche: Bestand haben nicht Türme bis zum Himmel, Tempel und Kathedralen, große Titel und Worte, sondern allein das Vertrauen auf Gott als den ersten Baumeister.

HIOBS
BOTSCHAFTEN

Das Buch Hiob ist ein Extremfall der biblischen Literatur – kaum auszuhalten! Knallhart realistisch wird das Scheitern und Vergehen eines Menschen geschildert. Binnen eines einzigen Tages verliert Hiob Besitz, Gesinde und Familie, einfach alles, was er hatte. Was fasziniert – dieser Verlierer verliert dabei nicht den Glauben an sich selbst und an Gott. Die extremen Erfahrungen finden Ausdruck in packenden Worten, die mittlerweile zum Grundbestand unserer Redewendungen gehören.

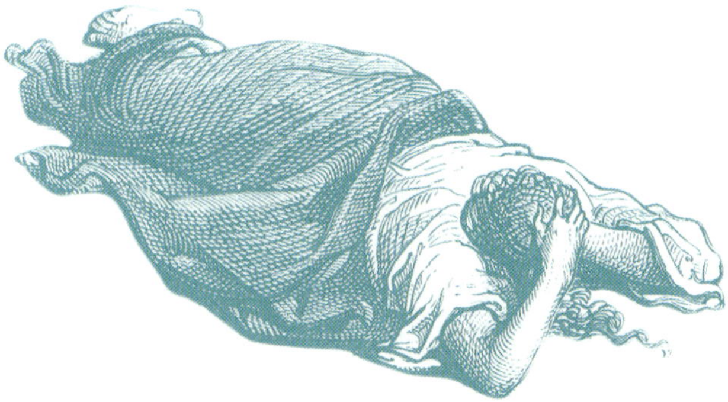

Zuerst stehen dem schockierten Hiob „die Haare zu Berge“ (Hiob 4,14-15). Elifas, einem seiner Freunde, „erschrecken die Gebeine“ – der Schreck fährt ihm in die Glieder, sagen wir heute. Resigniert konstatiert Hiob, „wir sind von gestern her und wissen nichts“ (Hiob 8,9). Wo begegnet uns das heute, dass einer von sich selbst sagt, er sei von gestern oder seine Ideen gestrig?! – Hiob ist ganz sicher, dass er alles richtig gemacht hat. „An meiner Gerechtigkeit halte ich fest und lasse sie nicht; mein Gewissen beißt mich nicht wegen eines meiner Tage“ (Hiob 27,6) – daher unsere Gewissensbisse. Freund Elifas, der mit dem Geplagten herausfinden will, was da geschehen ist, überlegt, ob Hiob nicht doch ein „Frevler“ ist. Dann hätte er sein Schicksal verdient. Der Frevler kommt auf keinen grünen Zweig – „Er verwelkt noch vor der Zeit, und sein Zweig wird nicht mehr grünen“ (Hiob 15,32).

Wenn es einen gerechten Gott gibt – weshalb lässt er dann zu, dass ein rechtschaffener Mann wie Hiob alles verliert? Darüber debattiert er mit seinen Gefährten, von denen Elifas oben zu Wort gekommen ist. Am Ende fährt Gott in einem gewaltigen Gewitter hernieder und hält dem Leidgeprüften die ganze Unermesslichkeit seiner Schöpfung vor Augen – vom kleinsten Tautropfen bis zu kosmischen Dimensionen der Himmelsordnungen. Er tut dies in Form von rhetorischen Fragen wie zum Beispiel: Wer hat das Meer gebändigt und ihm die Grenzen gesetzt: „Bis hierher sollst du kommen und nicht weiter" (38,10). Bis hierher und nicht weiter: Das ist, in anderen Begriffen, die rote Linie, die wir ziehen und deren Überschreitung wir nicht dulden.

Hiob versteht das alles nicht wirklich. Es ist ihm „zu hoch“ (42,3). Aber er ist sich sicher, dass Gott noch einen Trumpf im Ärmel hat. Seine Geschichte wird weitergehen. Und so endet auch das Buch Hiob: Wie im Märchen werden ihm (neuer) Reichtum und eine (neue) Familie geschenkt, und er stirbt alt und lebenssatt.

Das Kamel
im Nadelöhr

Jesus konnte ganz schön provozieren. Der Evangelist Matthäus überliefert ein markantes Bildwort von ihm, das sich leicht abgewandelt sogar im Koran findet (Sure 7,40) und das in die Geschichte der Literatur und der Alltagssprache eingegangen ist: „Leichter geht ein Kamel durch ein Nadelöhr, als dass ein Reicher in das Reich Gottes gelangt" (Matthäus 19,24). Da erschraken die Jünger Jesu, und die Bibel-Gelehrten fingen an zu grübeln. Gibt es einen Ausweg? Meinte Jesus mit dem „Nadelöhr" vielleicht ein kleines Seitentor in der Stadtmauer, durch das ein Kamel nur mit Mühe durchzubringen war? Oder kann man das griechische Wort dafür mit „Schiffstau" wiedergeben? All diese Versuche scheiterten. Da beißt die Maus keinen Faden ab: Es geht nicht! Jesus wollte zu radikalem Nachdenken über Reichtum herausfordern. Wo endet Reichtum? Und wo beginnt Armut? Absolute Werte gibt es nicht. Aber die Diskrepanz zwischen arm und reich ist ein Problem geblieben. In unserer globalen Wirtschaft noch einmal mehr.

JUDASLOHN UND HAHNENSCHREI

„Man darf den Kirchturm nicht für einen Judaslohn verpachten!“ So wurde gegen Versuche von Netzbetreibern polemisiert, in oder gar auf Kirchtürmen Mobilfunkantennen anzubringen. Die Kirchengemeinden sollten dafür natürlich Geld erhalten, war in den Lokalnachrichten zu lesen. – Der Judaslohn: zu Jesu Lebzeiten 30 Silberlinge, die berühmteste Geldsumme der Weltgeschichte, die einem der Jünger Jesu dafür gezahlt wurde, dass er zu dessen Verhaftung beitrug. Eine Kopfprämie also, die damals dem Wert eines Esels entsprach. Heute könnte man sich davon einen Kleinwagen kaufen.

Über die Hintergründe der Zahlung waren sich die vier Evangelisten keineswegs einig. Markus berichtet, Judas sei zu den Hohepriestern gegangen, weil er Jesus ausliefern wollte. Erst daraufhin versprachen diese, ihm Geld zu geben. Matthäus behauptet, Judas habe Geld verlangt, um Jesus auszuliefern. Daraufhin wurden ihm 30 Silberstücke angeboten, die er annahm. Lukas beschreibt Judas als Verräter und Johannes schildert ihn als geldgierigen und ungetreuen Kassenwart – als einen, der besser nicht geboren worden wäre. Je später die Evangelien geschrieben wurden, desto übler kommt Judas weg. Vielleicht hat er das aber gar nicht verdient. Vielleicht war er ein Hitzkopf: In seinem Namen Judas Iskarioth könnte das Wort „Sikarier" stecken: Aufrührer. Vielleicht wollte er Jesus herausfordern, endlich zu zeigen, was er wirklich konnte. Einen Aufstand gegen die Besatzer anzetteln, die Hohepriester und die Römer würden dann schon sehen … – Wir wissen es nicht. Geblieben ist der negative Beigeschmack, den ein Judaslohn bis heute trägt, was natürlich vor allem auch dem unseligen Antijudaismus geschuldet ist, der bis 1945 auch Teile der christlichen Kirche geprägt hat.

Ein weiterer Jünger kommt in der Erzählung über die Verhaftung Jesu auch nicht gerade gut weg. Es ist ausgerechnet Petrus, der Erste, der voller Begeisterung mit Jesus losgezogen war. Nach Jesu Prozess und Kreuzestod bekam es Petrus mit der Angst vor den römischen Behörden zu tun und behauptete, Jesus nicht zu kennen – da krähte ein Hahn. So hatte es Jesus ihm prophezeit. Dieser Hahnenschrei war wie ein akustischer Beweis für die Verleugnung. Im Umkehrschluss gibt es seit dem 15. Jahrhundert die Redewendung „Danach kräht kein Hahn" – wenn etwas nicht von Bedeutung ist.

den seinen gibt's

der herr im schlaf

Geht es hier etwa um das berühmte Buch unter dem Kopfkissen? Leider nein, das klappt in der Praxis nicht und eigentlich steht in der Bibel auch etwas ganz Anderes: „Den Seinen gibt der Herr Schlaf." So lautet der ursprüngliche hebräische Text von Vers 2 im 127. Psalm und auch die griechische und lateinische Übersetzung.

Heutige Bibeln übernehmen die lange Sprichworttradition. Der Psalm behauptet, dass Menschen, die Gott vertrauen, getrost schlafen und ihre Sorgen loslassen können. Möglicherweise schreiben sie dadurch auch eine bessere Klausur am nächsten Tag (dann stimmt es wieder!). Aber ich erinnere mich an eine Diskussion mit einem Kollegen. Der ärgerte sich maßlos über einen Artikel zum Psalm 127 mit dem Titel „Gott liebt nicht die Schlaflosen". Da er selbst schlecht schlief, was das eine ziemlich persönliche Anfrage. Wir einigten uns darauf, dass Schlafqualität nicht allein Glaubenssache ist – doch schädlich für eine entspannte Lebenshaltung ist Gottvertrauen sicher auch nicht.

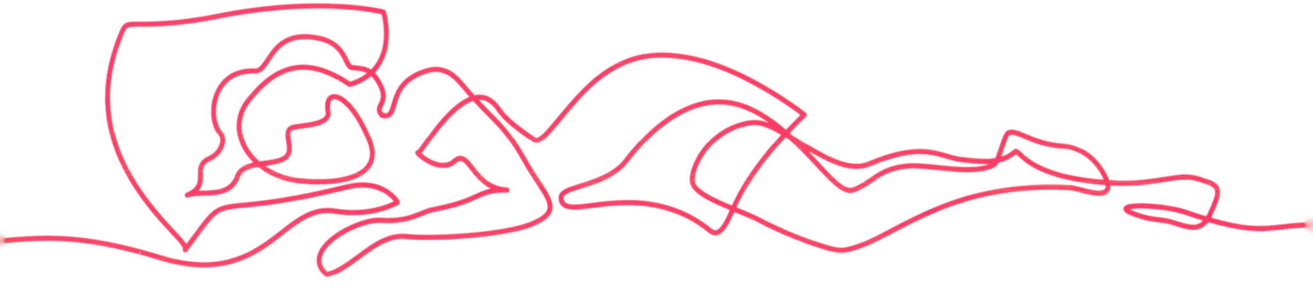

Was nicht auf Luthers Konto geht

Es gibt Begriffe und Redewendungen, die erst nach Luther aus der sogenannten Vulgata, einer lateinischen Bibel, ins Deutsche eingewandert sind. Hierzu gehört zum Beispiel der Paternoster, den es noch in manchen Behörden und Ämtern gibt. Das ist ein Umlaufaufzug aus Einzelkabinen – endlos wie der Rosenkranz, in dem immer wieder auch das Vaterunser (lateinisch „pater noster“) nach den Evangelisten Matthäus und Lukas vorkommt.

Wenn wir etwas abliefern, das „unter aller Kanone“ ist, dann haben wir die Erwartungen nicht erfüllt, die an uns gestellt wurden. Unter aller Kanone: Diese Wendung hat nichts mit der Artillerie zu tun, sondern kommt vom griechischen Wort „Kanon“, zu Deutsch Richtschnur. Im 2. Korintherbrief 10 taucht der Begriff gleich mehrmals hintereinander auf; Luther übersetzte ihn mit Maß, in der Einheitsübersetzung und in der BasisBibel findet sich auch der Maßstab. Judentum und Christentum haben sich zu je verschiedenen Zeiten auf einen verbindlichen Kanon biblischer Schriften festgelegt. Dieser Maßstab führte in der Pädagogik des Mittelalters – als Latein noch wesentlicher Inhalt des Lehrplans war – zur Formulierung „sub omni canone“: Damit wurde eine mangelhafte Leistung bezeichnet, die eben nicht der Richtschnur entsprach.

Der Ausruf „0 jemine" entstammt ebenfalls biblisch-christlicher Tradition. Das lateinische „Jesus Domine“ heißt auf Deutsch „Herr Jesus“. Nun sollte man den Namen des Herrn nicht leichtfertig aussprechen. Also hat der Volksmund die Anrufung zu „0 Jemine" bzw. „Herrje“ verkürzt.

Die Herkunft von „Hokuspokus“ ist umstritten. Eine Erklärung geht von der Verballhornung der Einsetzungsworte zum Abendmahl aus, die wie die gesamte katholische Messe bis weit ins 20. Jahrhundert hinein auf Latein vorgetragen wurden. Aus „Hoc est enim corpus meum“ (Das ist mein Leib, s. 1. Korinther 11,24) wird „Hokuspokus". Dass damit der Akt der Verwandlung einer Hostie in den Leib Christi zur bloßen Trickserei herabgewürdigt wird, findet sich schon in einer Predigt des englischen Erzbischofs von Canterbury John Tillotson aus dem Jahr 1694. Auf jeden Fall zeugt dieses Wort von einem grundlegenden Missverständnis des Abendmahls. – Eine weitere Herleitung bettet „Hokuspokus“ in die Karnevals- und Fastnachtstradition ein. Wenn die Ordnung der Welt auf den Kopf gestellt wurde und die klerikale Obrigkeit selbst einen Kinderpapst zuließ, die Verspottung kirchlicher Riten duldete und auch bei gotteslästerlichen Szenen nur selten einschritt, erhält „Hokuspokus“ den Platz, der ihm gebührt – wenigstens für die Dauer der närrischen Jahreszeit, die am 11.11. um 11 Uhr 11 ausgerufen wird, bis am Aschermittwoch wieder alles vorbei ist.

Der Autor

Wolfgang Baur, geboren 1957, katholischer Diplomtheologe, verheiratet mit einer evangelischen Theologin, lebt in Ludwigsburg.

Textnachweis

Die Bibelzitate sind folgenden Bibelübersetzungen entnommen:
Lutherbibel, revidierter Text 2017, © 2016 Deutsche Bibelgesellschaft, Stuttgart; Die Bibel. Einheitsübersetzung der Heiligen Schrift, © 2016 Katholische Bibelanstalt GmbH, Stuttgart; BasisBibel. Das Neue Testament und die Psalmen, © 2012 Deutsche Bibelgesellschaft, Stuttgart.

Bildnachweis

Titel: © Xenia/Adobe Stock; Seite 2: © Hurca!/Adobe Stock; Seite 4/5: © creative_jen/Adobe Stock; Seite 6: © Vitezslav Halamka/Adobe Stock; Seite 7: © Kreatiw/Adobe Stock; Seite 8/9: © domagoj8888/ Adobe Stock; Seite 10/11: © Hurca!/Adobe Stock; Seite 12/13: © Hurca!/Adobe Stock; Seite 14: © parovysh/ Adobe Stock; Seite 16/17: © Hurca!/Adobe Stock; Seite 18: © Hurca!/Adobe Stock; Seite 20/21: © Ilja Biletski/Adobe Stock; Seite 22: © Jakob Jeske/Adobe Stock; Seite 24: © ojogabonitoo/Adobe Stock; Seite 26: © dedMazay/Adobe Stock; Seite 28: © Good Studio/Adobe Stock; Seite 30/31: © joyt/ Adobe Stock; Seite 34: © Hurca!/Adobe Stock; Seite 35: © vladwel/Adobe Stock; Seite 36: © by-studio/ Adobe Stock; Seite 36/37: © YoPixArt/Adobe Stock; Seite 38: © Hurca!/Adobe Stock; Seite 39: © Hurca!/ Adobe Stock; Seite 40: © dtatiana/Adobe Stock; Seite 42: © Valenty/Adobe Stock; Seite 43: © Valenty/ Adobe Stock; Seite 44: © chialinart/Adobe Stock; Seite 46: © Mykola/Adobe Stock

AGENTUR
DES RAUHEN HAUSES
SEIT 1842

QuadroPlus

ISBN 978-3-7600-1805-8
Best.-Nr. 1 1805-8